Einfach Weihnachten

Wir gratulieren Max Bolliger
zu seinem 80. Geburtstag!

Max Bolliger

EINFACH WEIHNACHTEN

Geschichten

Eschbacher LebensArt

Max Bolliger, bekannter Lyriker und Kinderbuchautor, wurde 1929 im Kanton Glarus (Schweiz) geboren. Seine Arbeit wurde vielfach ausgezeichnet; er erhielt unter anderem den C. F. Meyer Preis, den Deutschen Jugendliteraturpreis, den Holländischen Silbernen Griffel, den Katholischen Jugendbuchpreis der Deutschen Bischofskonferenz und den Großen Preis der Deutschen Akademie für Kinder- und Jugendliteratur. Die Theologische Fakultät der Universität Zürich verlieh ihm den Ehrendoktor.

Lieferbare Titel im Verlag am Eschbach:

Der grüne Fuchs. *Zwei mal sieben Märchen und Parabeln (Buch 739).*

Ein Duft nach Weihrauch und Myrrhe. *Weihnachtslegenden (Eschbacher LebensArt 989).*

Das Umschlagbild »Geflügelter Stern«, der auch im Inhalt auftaucht, ist von **Barbara Trapp.** Sie ist 1950 in Leipzig geboren. Nach einem Studium an der Hochschule für Kunst und Design »Burg Giebichenstein« in Halle/Saale war sie wissenschaftliche Mitarbeiterin im Modeinstitut der DDR in Berlin (Bereich Modeforschung). Später war sie zunächst Lehrbeauftragte, anschließend wissenschaftlich-künstlerische Mitarbeiterin an der Hochschule der Künste Berlin (Fachbereich Design). Seit 1987 ist sie freiberuflich tätig. Sie wohnt und arbeitet in Bad Krozingen.
www.bt-kunst.de

Bibliographische Information der Deutschen Nationalbibliothek:
Die Deutsche Nationalbibliothek verzeichnet diese Publikation in der Deutschen Nationalbibliographie; detaillierte Daten sind im Internet abrufbar über http://dnb.d-nb.de.

ISBN 978-3-88671-956-3
© 2009 Verlag am Eschbach der Schwabenverlag AG
Im Alten Rathaus/Hauptstr. 37
D-79427 Eschbach/Markgräflerland
Alle Rechte vorbehalten.
www.verlag-am-eschbach.de
Gestaltung, Satz und Repro: Finken & Bumiller, Stuttgart.
Herstellung: Freiburger Graphische Betriebe, fgb.

INHALT

WAS UNTER DEM
WEIHNACHTSBAUM LIEGT

Von der Mutter ein Kleid aus Seide
und zum Zeichnen und Malen Kreide.
Vom Vater ein Buch mit Geschichten
von Heinzelmännchen und Wichten.
Vom Paten ein goldenes Amulett,
von Onkel Franz ein Puppenbett.
Von Tante Lina ein Paar Hosen
und Lebkuchen mit Rosen.

Sind wir jetzt reich oder arm?
Ist es uns kalt oder warm?
Müsste nicht noch etwas sein,
nicht groß und nicht klein,
was nicht im Schaufenster steht
und was niemand kaufen geht?
Ich frage, ich bin so frei:
Ist auch etwas vom Christkind dabei?

SOLLTE ES
DAS CHRISTKIND
GEWESEN SEIN?

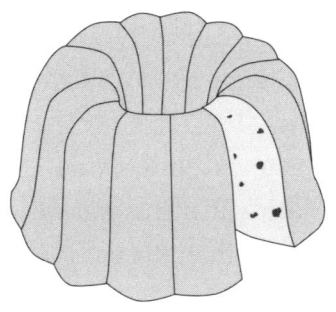

Es war einmal eine gute Frau, die sich an Weihnachten eine Ehre daraus machte, arme Kinder zu beschenken. Schon lange vor dem Fest fing sie an, Kuchen zu backen, um sie in der Kirche vor der Krippe zu verteilen.

Als sie mit ihrer Arbeit fertig war, erfüllte ein herrlicher Duft das Haus und drang bis auf die Straße hinaus.

In Reih und Glied standen die Kuchen auf einem langen Tisch. Ihr Anblick erfüllte die Frau mit Stolz und Freude.

Da klopfte es plötzlich an die Tür.

Vor der Tür stand ein fremdes Kind und schaute sie bittend an.

»Gibst du mir einen Kuchen?«, fragte es.

Aber es reute die gute Frau, einen der Kuchen jetzt schon wegzugeben.

»Wo denkst du hin!«, sagte sie. »Weihnachten ist erst in einer Woche!«

»Weihnachten ist heute«, sagte das Kind.

Doch die gute Frau dachte an nichts anderes, als das Kind wolle mit List einen ihrer Kuchen ergattern.

Sie wies ihm streng die Tür.

Am Heiligabend packte sie die Kuchen ein.

Als sie damit in die Kirche kam, sah sie den Pfarrer und den Küster aufgeregt vor der Krippe stehen.

Sie war leer.

Da erinnerte sich die Frau an das fremde Kind und erschrak.

Sollte es das Christkind gewesen sein?

DER WOLLKNÄUEL

In einem Nähkorb lag ein runder roter Wollknäuel.

Der runde rote Wollknäuel langweilte sich.

»Ich möchte mich verwandeln«, sagte er, aber niemand kümmerte sich um ihn.

Da machte er sich auf und rollte davon.

Im Garten begegnete er einer Katze.

»Ich möchte mich verwandeln«, sagte er.

Da packte ihn die Katze mit ihren Krallen und spielte mit ihm.

»Ich bin keine Maus«, rief der Wollknäuel und machte sich schnell davon.

Unter einem Baum begegnete er einem Vogel.

»Ich möchte mich verwandeln«, sagte er.

Da packte ihn der Vogel mit seinem Schnabel und zerzauste ihn.

»Ich bin kein Vogelnest«, rief der Wollknäuel und machte sich schnell davon.

Auf der Wiese begegnete er einer Kuh.

»Ich möchte mich verwandeln«, sagte er.

Da griff ihn die Kuh mit ihrer Zunge und wollte ihn fressen.

»Ich bin kein Gras«, rief der Wollknäuel und machte sich schnell davon.

Auf dem Spielplatz begegnete er einem Jungen.

»Ich möchte mich verwandeln«, sagte er.

Da band ihn der Junge an seinen Drachen und rollte ihn auf.

»Ich bin keine Schnur«, rief der Wollknäuel, riss sich los und machte sich schnell davon.

Da lag er nun und wusste nicht, was aus ihm werden sollte.

Zum Glück kam ein kleines Mädchen, und als es den runden roten Wollknäuel entdeckte, sagte es: »Oh, dich kann ich brauchen!«

Es nahm ihn mit nach Hause, holte zwei Stricknadeln und – verwandelte ihn.

Am Weihnachtsabend lag er als schöner, roter viereckiger Topflappen auf Tante Ernas Gabentisch.

DIE
WEIHNACHTSKATZE

»Ich wünsche mir zu Weihnachten eine Katze«, sagt Martin.

»Ich mag Katzen auf dem Bauernhof, aber nicht in der Wohnung«, entgegnet der Vater.

»Meine Lehrerin hat sogar zwei Katzen«, wendet Martin ein.

»Vergleiche uns nicht dauernd mit deiner Lehrerin«, mischt sich die Mutter ein.

»Tobi hat einen Hund. Fernando hat eine Schildkröte und Katrin sogar zwei Hasen ... nur ich habe nichts.«

»Du hast alles, was sich ein Junge von acht Jahren nur wünschen kann. Vor einem Jahr haben wir dir zu Weihnachten sogar ein Fahrrad geschenkt.«

»Aber keine Katze.«

Vaters Gesicht läuft rot an.

»Lass mich endlich mit deinen Katzen in Ruhe.«

»Ich würde gut für eine Katze sorgen.«

»Ach, Lukas, ich kenne dich doch«, sagt die Mutter. »Du hast keine Ahnung, wie viel Arbeit eine Katze macht. Katzen haben Würmer und bringen Flöhe und Zecken in die Wohnung. Und wenn sie gar Junge bekäme, deine Katze ...«

Kleine Kätzchen, das wäre wunderbar, denkt Lukas.

Doch das wagt er nicht laut zu sagen. Er verschwindet in sein Zimmer. Er wirft sich auf sein Bett und beginnt zu zählen. In zehn Jahren, rechnet er, in zehn Jahren bin ich erwachsen und dann kann ich tun und lassen, was mir gefällt.

Auf dem Tisch liegt sein Wunschzettel. Er nimmt den roten Filzstift. Das Wort Katze streicht er zweimal durch.

Es bleiben andere Dinge, zum Beispiel Harry Potters Zauberstab, den er kürzlich in der Auslage eines Spielwarengeschäfts entdeckt hat. Den könnte er jetzt brauchen.

Am Heiligabend ist die Familie unter dem Weihnachtsbaum versammelt. Vater, Mutter, Elisa, die große Schwester und auch Opa ist gekommen.

Während der Vater die Weihnachtsgeschichte vorliest, schielt Martin schon ungeduldig nach den Geschenken.

Ob auch der Zauberstab und der Zauberhut dabei sind?

»Ach«, sagt der Vater am Ende, »beinahe hätte ich jemanden vergessen. Einen Augenblick bitte!«

Als er zurückkommt, trägt er einen Korb am Arm.

»Hier Martin«, sagt der Vater, »hier ist deine Katze.«

Martin weiß vor Glück nicht, was er sagen soll.
Das ist ein Wunder, ein Weihnachtswunder.
Und den Zauberstab?
Den hat er ganz vergessen.

ZIGEUNER NUR

1.

Über den gefrorenen Schnee knirschten die Räder eines Zigeunerwagens. Es war eine helle Nacht. Wie Inseln lagen die kleinen Dörfer und Gehöfte im weiten, flachen Land. Doch der Mann sah nichts von der Schönheit dieser Nacht. Verbittert schritt er neben dem Wagen her und trieb den Esel zur Eile an. Wer würde ihm und den Seinen wieder für eine Nacht Unterschlupf gewähren? Wer wollte sich jetzt von Zigeunern in seiner Ruhe stören lassen?

Drinnen im Wagen saß die Frau zusammengekauert im Heu. In ihren Armen hielt sie das Kind. Sorgsam presste sie es an ihre Brust und wärmte es.

Von der Decke herunter hingen die Spielsachen, die der Mann aus Holz geschnitzt und die Frau bemalt hatte, bunte Hampelmänner, dazwischen große und kleine Puppen. In einer Schachtel lagen die Tiere beieinander, Zebras, Enten, Elefanten und Löwen. An der Wand schaukelte ein weißes Pferd.

Doch weder die lustigen Hampelmänner noch der friedliche Verein der Tiere stimmten die Frau fröhlicher. Seit es in jedem Dorf Puppen mit Schlafaugen und Tiere aus Plüsch und Plastik zu kaufen gab, wollten auch die Bauernkinder von den hölzernen

Spielsachen nichts mehr wissen. Sie dachte daran, wie oft man sie von den Hausschwellen jagte und sie beschimpfte: »Zigeunerpack!«. Sie wusste, wie sorgfältig man hinter ihnen alle Türen schloss.

2.

Durch die dünne Hauswand lauschte Thomas auf das Weinen seiner Mutter. Alles war anders geworden, seit die Holzer den Vater auf einer Bahre ins Haus gebracht hatten. Thomas erinnerte sich an ihre betretenen Gesichter. Er erinnerte sich an den Tag, als die vielen schwarz gekleideten Menschen ins Haus gekommen waren, als er hinter dem Wagen mit dem Sarg herlief und die Blumen verlor, die Tante Rosa ihm in die Hand gedrückt hatte. Aber viel schlimmer als diese Erinnerung war, seine Mutter jede Nacht weinen zu hören.

»Armer Junge«, hatte eine Nachbarin gesagt, »aus dem Weihnachtsfest wird dieses Jahr nichts für dich!«

Warum sollte er keinen Christbaum haben und keine Geschenke? Die Lehrerin im Kindergarten hatte von Maria und Joseph, den Engeln, den Hirten und den Königen erzählt. »Und«, hatte sie den Kindern erklärt, »seither kommt das Christkind jedes Jahr wieder, seit mehr als zweitausend Jahren!«

Heimlich schlich er sich aus dem Haus und lief dem Wald zu. Er schaute zu den Sternen hinauf, damit er sich vor der Dunkelheit nicht fürchtete. Er vergaß die Kälte und lief und lief. Aber das Christkind war noch weit ...

3.

Der Mann sah den kleinen, dunklen Körper am Wegrand liegen. Er holte die Lampe und sah, dass es ein Kind war, ein kleiner Junge, halb erfroren. Er rief seine Frau.

Wenn sie den Jungen retten wollten, blieb nicht lange Zeit zum Staunen. Sie rieben ihn mit Schnee ein und bewegten seine Arme und Beine. Als sie hörten, dass er gleichmäßig zu atmen begann, hüllte ihn die Frau in eine Decke und trug ihn in den Wagen. Zusammen mit ihrem eigenen Kind hielt sie ihn auf dem Schoß.

Der Mann beeilte sich, um mit dem Findling bald ins Dorf zu gelangen. Thomas aber schlug inzwischen die Augen auf und schaute gerade in das Gesicht der Frau, das sich freundlich über ihn neigte. Dann entdeckte er die Spielsachen, die lustigen Hampelmänner, die Puppen, die sich lautlos drehten, die Holztiere in der Schachtel und das Schaukelpferd, das sich noch immer von selbst bewegte.

Das Christkind hatte ihn gefunden.

Vor Glück wagte er kein Wort zu sagen, denn neben ihm in seinen Armen schlief das Jesuskind. Und er wusste auch nicht, ob Maria seine Sprache verstehen würde, da er nur der Försterbub war und nicht vom Himmel kam.

DER HUND

Kurz vor dem schmalen Waldstrich, der sich von der Hügelkuppe bis zum See hinunterzog und zwei Dörfer voneinander trennte, spürte der Mann plötzlich, dass jemand dicht hinter ihm war.

Er drehte sich um.

Der Hund schaute ihn stumm und flehend an. Seine Augen glänzten in der Dämmerung.

Am anderen Ufer des Sees flammten Lichter auf. Die Nacht kam früh.

Der Mann schloss seinen ausgefransten Regenmantel.

Der Hund blieb hinter ihm.

»Geh hin, woher du kommst, du verdammter Bastard«, schrie der Mann und hob einen Stein.

Das Tier duckte sich und trottete mit eingezogenem Schwanz davon. An der Art seines Laufens erkannte der Mann, dass es sich um ein altes Tier handelte, wahrscheinlich krank und hungrig.

»Ja, ein junges Tier ... das wäre etwas anderes. Man muss nur wissen, wie, eingebeizt in Rotwein gekocht.«

Er lachte und schnalzte mit der Zunge.

Im Wald versanken seine klobigen, von Staub und Kalk beschmutzten Schuhe in den Blättern.

Ergeben lief der Hund wieder hinter ihm her.

»Verflucht!«

War es etwa gar kein Hund?

Er war nicht der Erste, dem hier in der Dunkelheit zwischen den Dörfern ein herrenloser Hund wie ein Gespenst begegnete. Dem Bäcker zum Beispiel ... Ein halbes Jahr darauf war er tot.

»Ach was! Wer wollte diesen Ammenmärchen glauben!«

In gebührendem Abstand blieb der Hund hartnäckig hinter ihm. Der Mann schleuderte einen Stock. Es half nichts. Die Wut packte ihn. Mit erhobenen Fäusten ging er auf das Tier los. Geschickt wich es aus und wartete mit zitternden Flanken. Es befand sich in einem erbärmlichen Zustand. Der Mann sah es jetzt aus der Nähe.

»Dieser verdammte Hund!«

Und wenn er ihm hundertmal begegnete, deswegen hatte er noch lange keine Angst.

Er beeilte sich.

Sein Haus lag am Rande des Dorfes, nahe beim Wald. Es war alt und verlottert. Seit dem Tod seiner Frau vor dreiundzwanzig Jahren hatte er niemanden mehr eingelassen. Die Leute gingen ihm aus dem Weg, und die Kinder fürchteten ihn. Als er die Tür des Hauses aufschloss, war der Hund wieder da. Er winselte leise.

»Also komm!«, sagte der Mann.

Das Tier zögerte einen Augenblick. Dann drängte es sich plötzlich an ihm vorbei in die dunkle Küche hinein. Der Mann zündete das Licht an, machte Feuer und kümmerte sich nicht mehr um den Hund, der sich in eine Ecke verkrochen hatte und jede seiner Bewegungen verfolgte.

Bevor er sich an den Tisch setzte, stellte er eine volle Schüssel auf den Boden. Gierig machte sich der Hund über das Fressen her.

Der Mann saß lange am Tisch, müde, halb eingenickt. Er fuhr auf, als der Hund den Kopf auf seinen Oberschenkel presste und zu ihm aufschaute.

Der Mann fing an ihn sachte zu kraulen.

»Wart«, sagte er, »dich muss ich gründlich sauber machen. Du hast es nötig.«

Er holte warmes Wasser und eine Bürste.

Es war ein seltsames Tier und hatte nicht die gleiche Sprache wie andere Hunde. Seine Sprache war das Stumme, die Angst. Nur am Abend, wenn der Mann vom Steinbruch nach Hause kam, wurde das Tier wild vor Freude. Es sprang an ihm hoch, umkreiste ihn, leckte ihm Gesicht und Hände. Und dann, als ob es sich an ein anderes Wesen erinnerte, kroch es wieder davon, geisterhaft und leise.

Der Mann baute ihm einen Zwinger. In der Nacht nahm er den Hund ins Haus. Als es kälter wurde, schlief er auf seinem Bett, zu seinen Füßen in die Decke gekuschelt.

Der Winter kam, und der Mann blieb zu Hause. Er sprach mit dem Hund wie mit einem Menschen. Das Tier hatte zugenommen, und sein Fell glänzte. Wenn sich jemand dem Haus näherte oder auch nur vorüberging, bellte der Hund wie verrückt. Der Mann hatte jedes Mal Mühe, ihn wieder zu beruhigen. Man hörte das Bellen bis ins Dorf hinunter.

Eines Tages, es ging gegen das Frühjahr, kam der Polizist und redete von Hundesteuer. Der Alte schlug ihm die Tür zu. Darauf bekam er mit der Post Mahnungen, Drohungen. Er warf die Briefe ungelesen ins Feuer.

Aber eines Abends, als er von der Arbeit nach Hause kam, lag der Hund tot im Zwinger, die Beine von sich gestreckt, die Augen weit, starr und kalt. Er betrachtete das Tier. Er wusste, dass man ihm den Hund vergiftet hatte.

Wer?

Und wem hätte er es beweisen können?

Er grub ein Loch und verscharrte das Tier.

Er konnte nicht schlafen. Die Gedanken drehten sich wild und wirr in seinem Kopf herum. Er schrie, stöhnte und wälzte sich von einer Seite zur anderen.

Erst als der Morgen dämmerte, wurde er ruhiger.

War der Hund wirklich tot?

Er grub ihn wieder aus. Er wollte den Hund noch einmal sehen.

Und dann ging er fort. Er nahm nichts mit. Der Tau der Frühe legte sich auf seine Spur.

Seither hat niemand den alten Mann wieder gesehen.

FREUEN SIE SICH
AUF WEIHNACHTEN?

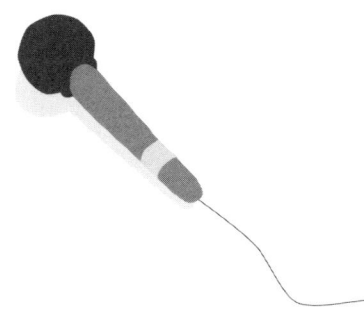

1.

Es war eine Stunde vor Geschäftsschluss. Das große Einkaufszentrum glich einer Bahnhofshalle. In den Läden standen die Kunden Schlange. Mit Taschen und Paketen beladene Männer und Frauen liefen dem Parkplatz zu. Er war bis auf den letzten Platz besetzt.

Neben der riesigen, mit goldenen Sternen geschmückten und mit Scheinwerfern angestrahlten Tanne hatten sich einige Heilsarmisten mit ihrem Sammelbecken aufgestellt. Unentwegt klangen ihre Stimmen durch das Menschengewühl. In fünf Tagen war Weihnachten.

Peter stand vor dem Sportgeschäft. Die Eishockeyausrüstung, die er sich gewünscht hatte, war aus dem Fenster verschwunden. Er wusste, dass seine Mutter sie für ihn gekauft hatte.

Peter schaltete das Tonbandgerät ein, das er um den Hals trug. Mit dem Mikrofon in der Hand wandte er sich an einen in eine lange weiße Schaffelljacke gekleideten Burschen:

»Entschuldigen Sie bitte! Darf ich Sie etwas fragen?«

»Natürlich, wenn es dir Spaß macht.«

»Freuen Sie sich auf Weihnachten?«

Der Mann schwieg überrascht. Die Frage hatte er nicht erwartet.

Peter hielt ihm das Mikrofon vor den Mund.

»Weihnachten? Höhepunkt unserer Wohlstandsgesellschaft. Ich mache da nicht mit. Also freue ich mich auch nicht darauf.«

»Danke!«, sagte Peter.

Jetzt trat ihm eine jüngere Frau in den Weg.

»Freuen Sie sich auf Weihnachten?«

Die Frau lachte verlegen.

»Ja, schon ... Es bedeutet zwar eine Menge Mehrarbeit ... Aber für die Kinder ... Ich freue mich für die Kinder.«

»Schöne Festtage«, wünschte Peter und ging weiter.

Seine Wahl fiel nun auf einen elegant gekleideten Herrn.

»Freuen Sie sich auf Weihnachten?«

»Nein. Jedes Jahr dasselbe Gehetze, ein Austausch von Geschenken. Ich verreise in den Süden.«

Was dachte wohl der alte Mann darüber?

Er schaute Peter misstrauisch an, als er das Mikrofon sah.

»Ist das etwa für den Rundfunk?«

Peter beruhigte ihn.

»Für die Schule,« sagte er, »wir wollen morgen in der Klasse über Weihnachten diskutieren.«

»Ich wohne im Altersheim«, erzählte der Alte. »Das ist nicht mehr wie früher. Ich erinnere mich an meine Kindheit auf dem Lande. Wir waren zufrieden mit einem Paar neuer Strümpfe und einer Tafel Schokolade. Dafür hatten wir einen herrlichen Weihnachtsbaum, mit weißen Kerzen und kleinen roten Äpfeln geschmückt.«

2.

Peter hatte sich seine Aufgabe einfacher vorgestellt. Er fand nicht bei allen Verständnis für seine Frage.

»Lass mich in Ruhe!«, schimpfte eine Frau.

»Keine Zeit!«, bekam er mehrmals zu hören.

Er stellte sich neben den Eingang des Warenhauses. Der als Nikolaus verkleidete Portier verteilte Lebkuchen und Prospekte für Silvesterartikel.

»Frohe Festtage! Frohe Festtage! Frohe Festtage!«

Seine Stimme tönte wie aus einem Roboter. Als er einen Augenblick inne hielt, zupfte Peter ihn am Ärmel.

»Entschuldigen Sie, Herr Nikolaus! Freuen Sie sich auf Weihnachten?«

Der Mann lachte heiser.

»Du siehst es ja, wie ich mich freue! Für mich bedeutet Weihnachten Überstunden und ein dreizehntes Monatsgehalt.«

Eine Krankenschwester, die zufällig daneben stand, empörte sich.

»Sie sollten sich schämen, dem Jungen eine solche Antwort zu geben.«

Entschlossen stellte sie sich vor Peter hin.

»Ich freue mich. Für mich bedeutet Weihnachten immer noch das Fest der Liebe. Den Geburtstag unseres Herrn.«

»Beruhigen Sie sich«, sagte der Nikolaus und schob sie sacht zur Seite. Vor seinem Lebkuchenkorb standen zwei kleine Kinder und schauten ihn ehrfürchtig und gläubig an. Peter entfernte sich.

Das Gedränge hatte nachgelassen. Der Platz leerte sich. Vor dem Lebensmittelgeschäft räumte eine Verkäuferin einige am Boden liegende Adventskränze zusammen.

»Darf ich stören?«, fragte Peter.

»Möchtest du einen? Verbilligt?«

Peter schüttelte den Kopf.

»Freuen Sie sich auf Weihnachten?«

»Darüber habe ich noch nicht nachgedacht. An Weihnachten bin ich jedes Mal so erschöpft, dass ich nur den Wunsch habe, zu schlafen und allein zu sein.«

Peter sah, dass sie den Tränen nahe war. Er schaltete das Tonbandgerät aus. Er dachte an die Antworten, die er bekommen hatte. Für die meisten bedeutete also Weihnachten nichts anderes als Geschenke, Essen, Trinken, Überstunden, Verreisen, Geld ... Und was bedeutete es für ihn?

Es war nicht einfach, darauf eine ehrliche Antwort zu geben. Immerhin, Peter freute sich auf das Fest. Zum ersten Mal seit vielen Jahren. »Wir machen es uns gemütlich, wir zwei!«, hatte die Mutter zu ihm gesagt. Seine Eltern waren seit einem halben Jahr geschieden. Weihnachten ohne Vater, ohne Vorwürfe, ohne Streit. Peter hatte ihn seither nicht mehr gesehen. Zum Glück bestand er nicht auf dem ihm vom Gericht zugebilligten monatlichen Besuchssonntag.

Die Läden schlossen. Es war kalt geworden. Auch die Heilsarmisten hatten ihren Platz neben der

Tanne verlassen. Einsam erhob sie sich in den dunklen, verhangenen Himmel.

3.

Vor dem Spielwarengeschäft standen ein paar Männer. Sie schienen an der elektrischen Eisenbahn mehr Freude zu haben als die Kinder. Peter schaltete das Tonbandgerät nochmals ein:

»Entschuldigen Sie bitte!«

Einer der Männer drehte sich um.

»Peter! Du!«

Peter fuhr zusammen.

»Was willst du?«

»Nichts!«, stotterte Peter. Sein erhobener Arm sank herunter.

»Du bist gewachsen!«

Peter starrte seinen Vater an und brachte kein Wort heraus.

»Möchtest du eine heiße Schokolade trinken?«

»Nein, danke! Ich muss nach Hause. Mama erwartet mich.«

Der Vater zuckte die Achseln.

»Wie du willst«, sagte er.

»Ich muss nach Hause«, sagte Peter noch einmal.

»Ich hindere dich doch nicht daran.«

Peter reichte ihm die Hand.

»Frohe Festtage«, stammelte er.

»Gleichfalls!«

Peter zögerte. Er hätte gerne noch etwas gesagt. Irgendetwas. Aber es fiel ihm nichts ein.

4.

Peter lief, so schnell er konnte. Erst in der stillen Straße, in der er wohnte, beruhigte er sich wieder. Das rote Licht an seinem Gerät erinnerte ihn daran, dass er vergessen hatte, es auszuschalten.

Er ließ das Band zurücklaufen und hörte:

»Peter! Du!«

»Was willst du?«

»Nichts!«

»Du bist gewachsen!«

»Möchtest du eine heiße Schokolade trinken?«

»Nein, danke! Ich muss nach Hause. Mama erwartet mich.«

»Wie du willst«.

»Ich muss nach Hause.«

»Ich hindere dich doch nicht daran.«

»Frohe Festtage.«

»Gleichfalls!«

Wie fremd ihm die beiden Stimmen vorkamen! Die Pausen zwischen den einzelnen Fragen und Antworten schienen ihm unerträglich lange.

»Freust du dich auf Weihnachten?«

Was wohl der Vater darauf geantwortet hätte?

Vom Kirchturm schlug es sieben Uhr.

Sorgfältig löschte er das Gespräch mit seinem Vater aus. Es sollte niemand davon erfahren, auch die Mutter nicht.

WEIHNACHTEN IST,
WENN ...

Es war einmal ein Kind, das kam aus einem Land, in dem andere Feste gefeiert werden als bei uns.

Darum wusste das Kind nicht, was das war:

WEIHNACHTEN

Weihnachten. Frohe Weihnachten.

Das Kind begegnete dem Wort überall.

Über der Straße hingen Lichtergirlanden. Auf der Straße standen Gruppen von uniformierten Männern und Frauen, die Weihnachtslieder sangen.

Es wurden Weihnachtsbrot und Weihnachtsbraten angeboten, Weihnachtskarten, Weihnachtskerzen, Weihnachtsgeschenke, Weihnachtspakete, Weihnachtsblumen ...

Unter der Kuppel der Bahnhofshalle flimmerten Sterne. Vor dem Eingang zum Einkaufszentrum standen und lagen Hunderte von kleineren und größeren Tannenbäumen.

Die Schaufenster waren voller Dinge, von denen das fremde Kind nicht wusste, wozu die Menschen sie nötig hatten.

Doch am meisten staunte das fremde Kind über die wunderbaren Wesen mit Flügeln, die mit ausgebreiteten Armen über dem Dach des Warenhauses schwebten.

Verwundert hörte es zu, wie die Jungen in der Klasse darüber rätselten, wie und wo sie am Himmel befestigt waren.

Das fremde Kind hieß Assia. Es hatte krause Haare und seine Haut war dunkelbraun.

»Wer ist das schwarze Mädchen?«, hörte Assia eine Nachbarin zur anderen sagen. »Wo wohnt es? Woher kommt es?«

Assia kam aus einem Land, in dem Krieg herrschte und viele Menschen hungerten und verfolgt wurden.

Assia war ein Flüchtlingskind.

Auf dem Pult der Lehrerin stand am ersten Dezember ein Kranz aus Tannenzweigen, mit vier Kerzen und goldenen Nüssen geschmückt.

»Oh, der schöne Adventskranz!«, riefen die Kinder.

ADVENT

Auch dieses Wort hatte das fremde Kind noch nie gehört. Doch Advent musste mit Weihnachten zu tun haben, diesem Fest, das von den Kindern mit Ungeduld erwartet wurde.

Als die Lehrerin an ihrem Kranz eine Kerze anzündete, nahm Assia endlich allen Mut zusammen:

»Weihnachten, was ist das?«

Die Kinder lachten.

Wie konnte es jemanden auf der Welt geben, der nicht wusste, was das war: Weihnachten.

Alle riefen durcheinander:

Weihnachten ist, wenn ich Sterne ans Fenster male!

Weihnachten ist, wenn wir das Haus schmücken!

Wenn meine Mutter Plätzchen backt … wenn ich den Wunschzettel schreibe … wenn Sankt Nikolaus kommt … wenn wir ans Meer reisen … wenn ich ein neues Fahrrad bekomme … wenn ich ein große Puppe bekomme … wenn mir meine Patin ein Goldstück schenkt … wenn Oma und Opa zu Besuch kommen … wenn ich Geschenke bastele … wenn der Vater den Weihnachtsbaum schmückt …

Den Kindern kamen immer neue Dinge in den Sinn, die sie an Weihnachten erinnerten.

Doch Assia wusste immer noch nicht, was das war: Weihnachten.

»Für mich ist Weihnachten, wenn ich euch eine uralte Legende erzähle«, sagte die Lehrerin, »die Legende von der Geburt Jesu, die Weihnachtsgeschichte. Die Geschichte von Maria und Joseph auf der Suche nach einer Herberge. Die Geschichte von dem hartherzigen Wirt, der ihnen die Türe wies. Die Geschichte von den Hirten auf dem Feld, denen ein Engel erschien. Die Geschichte von einem Stern, der drei Könige aus dem Morgenland nach Bethlehem führte, unter ihnen Melchior, dunkelbraun wie Assia.«

Assia horchte auf.

»Und«, meinte die Lehrerin, »wenn wir die Geschichte spielen, brauchen wir nicht lange nach einem Melchior zu suchen.«

Alle Kinder sahen Assia an.

Einen Augenblick wurde es still.

Ja, Weihnachten, was ist das eigentlich?, dachte die Lehrerin.

Und als ob Assia ihre Gedanken erraten hätte, sagte sie: »Weihnachten ist, wenn ich froh bin.«

ONKEL VALENTIN

»Nein!«, schrie Martin.

Die Großmutter hielt ihm die Tasse an den Mund.

»Natürlich trinkst du«, sagte sie, »Milch ist gesund.«

Martin verzog das Gesicht.

Mit ein wenig Kaffee verdünnt, ja, aber nicht so.

Auf der Oberfläche hatte sich eine dünne Haut gebildet.

Mit einer heftigen Bewegung schob Martin den Arm der Großmutter beiseite.

Ein wenig Milch schwappte über den Rand der Tasse aufs Tischtuch.

»Dann bleibst du eben hier sitzen«, sagte die Großmutter.

»Ich habe Zeit.«

»Ich auch«, sagte Martin trotzig.

Großmutters Gesicht lief rot an, aber sie beherrschte sich.

»Du bist genauso störrisch wie Onkel Valentin.«

Martin blickte auf.

Onkel Valentin stand in Gold gerahmt zwischen den beiden Fenstern. Er trug eine Uniform. In der einen Hand hielt er das Gewehr, in der anderen eine Rose. Er lachte.

So war er mit siebzehn Jahren in den Krieg gezogen. Das musste lange her sein. Zurückgekommen war er nicht mehr.

›In Russland gefallen‹ hieß das. –

Valentin war der älteste Bruder von Martins Mutter, die jetzt den Vater für drei Wochen auf Geschäftsreise begleitete.

Martin starrte Valentin an.

Valentin blinzelte ihm zu. Ich leih dir mein Gewehr, sagte er.

Die Großmutter stieß ihn an.

»Wird's endlich!«

Martin zuckte zusammen.

Wenn sie jetzt nicht aus dem Zimmer ging, musste er auf sie schießen.

»Los! Trink! Sonst kommst du zu spät in den Kindergarten!«

Die Großmutter hatte keine Ahnung, in welcher Gefahr sie schwebte.

»Mein Gott, früher war es einfacher, Kinder zu erziehen«, seufzte sie.

Und Onkel Valentin?

Martin nahm einen Schluck Milch.

Er musste sich beinahe übergeben.

»Siehst du«, sagte die Großmutter, »es geht auch ohne Kaffee, du bist nur verwöhnt.«

Es klingelte an der Haustüre. Sie erhob sich und verließ das Zimmer.

Martin atmete auf.

Er war froh, dass er das Gewehr nicht brauchte.

Als die Großmutter die Tür hinter sich zugemacht hatte, stand er auf, nahm die Tasse und goss die Milch auf den großen Philodendronstock. Die Erde schluckte sie. Dann setzte er sich wieder an den Tisch.

»Brav!«, lobte die Großmutter, als sie die leere Tasse sah.

Sie reichte Martin die Tasche.

»Nun beeil dich aber!«

Martin nickte Onkel Valentin zu, hängte sich die Tasche über die Schulter und sprang davon.

SCHNEE

1.

Der Junge trieb sich den ganzen Nachmittag in der Nähe des Hauses herum und wartete auf die Stimme. Von der sonnengebräunten Holzverschalung des Hauses hoben sich weithin sichtbar die weißen Rahmen der Fenster ab. Er starrte zu ihnen empor und behielt gleichzeitig die Türe im Auge. Es könnte zufällig jemand kommen und an der glänzenden Messingklingel ziehen, und dann müsste sie sich öffnen ...

»Wenn ich unverwandt auf das Haus blicke, werden seine Wände durchsichtig.«

Er hatte es versucht. Doch er wurde immer wieder abgelenkt – durch die Tiere, die er hüten musste, durch ein fallendes Blatt oder den Schatten eines Raubvogels auf dem glatten, abgeweideten Grasteppich. Der Glanz des neuen Schnees auf den Bergen verblasste. Die Nacht kam früh. Enttäuscht jagte er die Kühe und Rinder dem kleinen Stalle zu.

Der Vater, der von dem höher gelegenen Hof zum Melken herunterkam, war noch nirgends zu sehen.

Der Junge stellte sich vor die offene Stalltüre und vergrub seine Hände in den Hosentaschen unter dem zu großen, verwaschenen Hirtenhemd.

Am Himmel erschien ein blasser Sichelmond.

Und plötzlich war die Stimme da. Das Echo machte sie greifbar. Jeder Ton stand einen Augenblick zitternd in der Luft.

In großen Sprüngen rannte der Junge über die Wiese zurück vor das Haus, kletterte an der Feldsteinmauer empor auf die Gartenterrasse. Seine Schuhe versanken im Laub des Bergahorns. Er schwang sich in seine Krone hinauf, verankerte die Holzschuhe in einer Astgabel und presste seinen Körper an den rauen, kühlen Stamm.

Jetzt lag vor seinen Augen das Zimmer, das Gestell mit den vielen Büchern, der helle Teppich, die brennende Lampe über dem Tisch zwischen dem Kachelofen und der holzgetäfelten Wand, die Bilder und eine mit Fotografien bedeckte Kommode. Auf der breiten Fensterbank stapelten sich Briefe und Papiere. In der Tiefe des Raumes aber, dem Jungen gegenüber, saß die Frau an dem seltsamen Instrument und sang.

Das Bild prägte sich dem Jungen ein. Hier lag eine Welt vor ihm, die anders war als alles, was er bisher gesehen, gehört, gedacht und erlebt hatte.

2.

Der Ruf des Vaters schreckte ihn auf. Er ließ sich am Stamm hinunter gleiten. Atemlos langte er beim Stall an. Eine Wolke aus Wärme schlug ihm entgegen.

Ohne die gleichmäßige Bewegung des Melkens zu unterbrechen, drehte der Vater den Kopf nach ihm um und schaute ihn an. Der Junge fühlte sich ertappt. Schnell griff er nach dem vollen Eimer und leerte die schäumende Milch in die Tragtanse, die draußen vor dem Stall auf der Bank stand.

Stumm verrichteten sie die Arbeit. Stumm kehrten sie heim. Der Vater lief mit der vollen Tanse auf dem Rücken voraus. Er hielt die Arme verschränkt; sein Schritt mit dem steinigen Pfad vertraut, war ruhig und sicher.

Der Junge folgte mit der Laterne. Die Mutter stand in der Küche. Die Suppe dampfte auf dem Herd. Die Zwillinge saßen auf der Bank hinter dem Tisch und fuchtelten mit den Löffeln in der Luft herum.

»Er geht mir tüchtig zur Hand«, sagte der Vater.

Der Junge errötete vor Freude und Stolz.

»Wasch dir die Hände!«, sagte die Mutter.

Am Tisch schob sie ihm ein großes Stück Käse zu.

Später, als er sich auszog, fiel aus der Kapuze seines Hirtenhemdes ein gelbes Ahornblatt.

3.

Am Tag darauf saß die Frau auf der Mauer ihrer Terrasse und schaute zu, wie er eine Kuh zurückjagte, die sich durch das schmale Gitter in die Weide der Nachbarn gezwängt hatte.

Scheu blickte er zu ihr auf.

Sie warf ihm eine Apfelsine zu. Sie lachte, als er die Frucht mit beiden Händen auffing und sie dabei an seine Brust drückte.

Er aß sie nicht. Am Abend legte er sie neben seinen Teller.

»Woher hast du sie?«, fragte die Mutter.

»Von der Frau aus dem Chalet.«

Der Vater schaute ihn an.

»Von der verrückten Sängerin!«, sagte er.

»Ja, irgend etwas stimmt nicht mit ihr«, sagte die Mutter.

Schnell nahm der Junge die Apfelsine vom Tisch und steckte sie in seine Tasche. Er konnte an diesem Abend lange nicht einschlafen.

4.

»Verrückt.« Das Wort verfolgte den Jungen.

»Aber sie muss sehr glücklich sein«, dachte er.

Sie lag auf einem Liegestuhl.

Plötzlich erhob sie sich und schlurfte wie ein Kind durch das dürre, raschelnde Laub.

»Die Blätter werden mich hier noch begraben!«, rief sie.

Der Junge stand am Fuß der Mauer und lachte.

»Könntest du es mir zusammenrechen?«

Er nickte.

Bewundernd sah sie zu, wie behände und sicher er zu ihr hinaufkletterte.

Gemeinsam suchten sie im Keller nach einem Rechen. Der Junge kannte sich mit den Geräten aus.

Sie ließ ihn gewähren und schaute ihm bei der Arbeit zu.

Hin und wieder warf er einen Blick auf das weidende Vieh.

»Warte!«, sagte sie, als er fertig war.

Zufrieden betrachtet der Junge sein Werk. Das Laub lag auf einem riesigen Haufen.

Mit einem Tablett kam sie wieder und stellte es neben ihn auf die Mauer.

Noch nie hatte er solche Hände gesehen, zart und mit rot gefärbten Nägeln.

Staunend betrachtet er den Teller mit dem Kuchen, die silberne Gabel, die Serviette und das hohe, mit Sirup gefüllte Glas.

Er faltete die Hände und presste sie zwischen seine Knie.

»Ich bin nicht hungrig«, sagte er.

Sie drängte ihn nicht. Sie setzte sich neben ihn und zündete sich eine Zigarette an.

»Früher war ich selten hier«, sagte sie, »aber jetzt gefällt es mir.«

5.

Ein feiner Regen rieselte nieder. Die Feuchtigkeit drang dem Jungen durch die Kleider. Frierend hüllte er sich in den alten Kittel seines Vaters und zog die Mütze über die Ohren.

Am frühen Nachmittag hörten die Tiere auf zu fressen und standen mit tropfenden Fellen verloren vor dem Gatter neben dem Brunnen. Manchmal wendeten sie ihre Köpfe nach dem Jungen um und schauten ihn geduldig an.

»Von Morgen an könnt ihr im Stall bleiben«, sagte er.

Die Weidezeit war vorbei.

In zwei Tagen fing die Schule wieder an. Nach den langen Ferien war ihm bange davor. Jemand legte ihm von hinten die Hände über die Augen. Erschrocken fuhr er herum. Sie lachte.

Ein heller, lose um die Schultern geworfener Mantel reichte ihr bis zu den Knöcheln.

Um den Kopf trug sie ein kunstvoll geschlungenes Tuch.

»Willst du dich bei mir wärmen?«, fragte sie.

Ohne seine Antwort abzuwarten, ging sie voraus.

Er folgte ihr.

Verlegen blieb er auf der Schwelle zu dem ihm vertrauten Zimmer stehen.

»Komm, setz dich!«, sagte sie und goss dampfende Schokolade in zwei Tassen, die auf dem Tisch standen und in deren breiten Goldrändern sich das Licht spiegelte.

»Das wird dir gut tun.«

Auf den Zehenspitzen durchquerte er das Zimmer.

Auf einmal schämte er sich seiner groben Holzschuhe, und er war froh, dass er sie unter dem Tisch verstecken konnte.

Er legte beide Hände um die Tasse, hob sie an die Lippen und trank. Er hätte gerne etwas gesagt. Er dachte angestrengt nach.

»Schön ist es hier«, sagte er und ließ verstohlen seine Blicke umherschweifen. Er entdeckte Dinge, die er vom Fenster aus nicht hatte sehen können, einen ovalen, goldgerahmten Spiegel, zwei Kerzenleuchter, ein blaues Sofa, darauf eine Puppe mit einem Porzellankopf und echten Haaren, einen leeren Vogelkäfig und in einer hohen Vase einen Strauß aus Herbstlaub, Kiefernästen und Zweigen mit roten Beeren.

»Gefällt es dir?«

Der Junge nickte.

»Du darfst wiederkommen.«

Sie begleitete ihn an die Tür.

Als er sich umdrehte, stand sie da und schaute ihm nach.

6.

Sein Schulweg, der ausgetretene Pfad über die Weide, führte ihn an ihrem Haus vorbei. Er sah das Licht aus den Fenstern von weitem. Ruhig leuchtete es in die Dämmerung hinaus.

Sie erwartete ihn. Im halbdunklen Flur zog er seine Schuhe aus und schlüpfte in die Pantoffeln.

Das Buch lag aufgeschlagen an jener Stelle, bei der sie gestern aufgehört hatte zu lesen. Den ganzen Tag hatte er diesen Augenblick mit Ungeduld ersehnt.

Sie las, und der Junge schaute sie dabei unverwandt an. Sie las, als wäre sie dabei gewesen. Sogar die Stimme des wütenden Polizisten konnte sie genau nachahmen. Signor Vitalis war seinetwegen ins Gefängnis gekommen. Nun zog Remi allein mit den Tieren durch die Dörfer. Jolicouer, den kleinen Affen, trug er in seine Jacke gewickelt auf den Armen. Sie waren hungrig und traurig.

Wenn die Standuhr das Zimmer mit fünf schweren, gemächlich aufeinander folgenden Schlägen erfüllte, schickte sie ihn nach Hause. Sie fragte nie, ob es zu früh oder zu spät sei. Sie fragte nicht nach seinen Eltern und Geschwistern, aber um fünf Uhr sagte sie: »Es wird dunkel, du musst gehen.«

Er zögerte den Abschied hinaus. Er entdeckte einen Gegenstand, dessen Geschichte er noch nicht kannte. Es waren Geschichten aus fernen Ländern, Geschichten von Menschen, die sie gekannt hatte.

»Als ich bei der Oper war ...«, sagte sie und zeigte ihm eine der vielen Photographien auf der Kommode.

Er erkannte sie darauf kaum wieder, so aufgeputzt und fremd.

Es gab also noch eine andere Welt als die, in der sie nun lebte und von der er ein Teil geworden war. Es verwirrte ihn.

Er sah vor dem Fenster den dicken Stamm des Bergahorns und sah sich selbst dahinter verborgen ins Zimmer spähen. Damals hatten das Zimmer, die Frau, ihre Stimme nur ihm allein gehört.

Es war Nacht, wenn er nach Hause ging. Er musste sich eine Ausrede für sein langes Fortbleiben ausdenken.

Die Mutter schalt ihn.

»Lass!«, sagte der Vater. »Ich bin zufrieden, wenn er vor dem Melken da ist; im Sommer hat er genug zu tun.«

Der Junge blickte sich in der Küche um. Es war alles wie früher, und doch kam es ihm fremd vor.

»Kann ich Holz holen?«, fragte er die Mutter.

Oft schaute sie ihn so merkwürdig an, und er hatte Angst, sie könnte sein Geheimnis erraten.

7.

Eines Tages war der Deckel des Instruments aufgestellt, und der Junge zupfte an den vielen Saiten herum.

»Ich habe Sie auch schon singen hören ... draußen auf der Weide«, sagte er.

»So, hast du?«

Er schaute sie erwartungsvoll an.

Sie fuhr mit der Hand über die Tastenreihe. Sie setzte sich und fing an zu spielen.

Und plötzlich stand ihre Stimme im Raum, mächtig und beängstigend.

Der Sinn der Worte blieb dem Jungen fremd.

Lass, o Welt, o lass mich sein!
Locke nicht mit Liebesgaben,
Lass dies Herz alleine haben
Seine Wonne, seine Pein ...

Jäh brach sie ab und stand auf.

»Komm, wir wollen weiterlesen!«

Benommen stand der Junge da.

»Komm!«, sagte sie noch einmal, als er sich nicht von der Stelle rührte.

8.

Vor dem Schulhaus standen einige der größeren Knaben zusammen. Einer versuchte mit Kopfstimme zu singen, bis sie sich überschlug. Die anderen lachten.

»Da kommt er«, sagten sie, als sie des Jungen ansichtig wurden.

Er wollte ihnen aus dem Weg gehen.

»Komm nur!«, schrieen sie.

Er gehorchte, vor Angst wie gelähmt.

Einer packte ihn am Kragen.

»Sing uns mal was vor!«, befahl er.

»Lass mich los!«

»Erst wollen wir wissen, was du bei der alten Sängerin treibst! Erzähl!«

Er zitterte am ganzen Körper.

»Du willst wohl was Besseres sein als wir.«

»Sicher gibt sie dir Geschenke! Sie ist doch reich!«

»Nimm uns mal mit.«

Sie weideten sich an seiner Angst.

Er wusste, dass er ihnen ausgeliefert war. Er presste die Lippen zusammen und schwieg. Als er sich davonmachen wollte, stellte ihm einer ein Bein. Er fiel der Länge nach hin, und sie schlugen mit den Fäusten auf ihn los.

Sie hielten erst inne, als das Blut aus seiner Nase floss.

Der Junge erhob sich, suchte seine Schultasche und ging auf einem großen Umweg nach Hause.

Die Mutter saß am Tisch und schälte Kartoffeln.

»Um Gottes Willen, Kind, wie siehst du aus?«, fragte sie entsetzt. »Was ist geschehen?«

»Nichts«, sagte er, »wir haben uns gerauft.«

Er wartete noch immer an der offenen Tür.

Sie stand auf und befeuchtete einen weichen, sauberen Lappen unter dem Wasserhahn.

»Komm!«, sagte sie.

Sie drückte ihn an ihre Brust und rieb ihm sorgfältig das verkrustete Blut aus dem Gesicht.

»Es ist nicht schlimm.«

Da fing er zu weinen an.

»Nein, nein«, sagte sie sanft, »es ist nicht schlimm.«

9.

Als der Junge am nächsten Morgen erwachte, wusste er, dass etwas in seinem Leben vorbei war. Er besann sich noch einmal auf alles, was geschehen war.

Er erhob sich. Die Zwillinge in dem breiten Bett schliefen noch. Er öffnete das Fenster und stieß die Läden zurück. Draußen war alles weiß.

Dicht und unaufhörlich fielen die großen Flocken auf die Erde. Bäume und Sträucher waren über und über mit Schnee bedeckt.

»Morgen kannst du mit Skiern zur Schule«, sagte der Vater, als der Junge in die Küche trat, »ich hol' sie dir vom Dachboden herunter.«

»Ja, es wird so schnell nicht wieder aufhören«, meinte die Mutter, » es ist auch bald Weihnachten.« Der Junge stellte sich ans Fenster und schaute stumm in das Flockengewirbel hinaus.

10.

Es schneite und schneite. Die Kinder aus den entlegenen Höfen blieben der Schule fern. Der Junge sauste mit den Skiern ins Dorf hinunter. Manchmal schrie er laut vor Freude.

Noch immer machte er den Umweg, wenn er nach Hause ging. Der Pfad über die Weide an ihrem Chalet vorbei lag unter dem Schnee und war nicht mehr zu erkennen.

Ob sie wohl noch auf ihn wartete? Von weitem sah er das Haus durch die Stämme schimmern.

Im Traum sah er die goldenen Tassen, und die Pantoffeln im Flur liefen ihm davon, wenn er sie anziehen wollte. Er schreckte aus dem Schlaf, weil er ihre Stimme zu hören glaubte.

Zwei Tage vor Weihnachten fasste er den Entschluss, sie zu sehen. Er wollte ihr erklären, warum er nicht mehr gekommen war.

Die Mutter hatte ihn mit Besorgungen ins Dorf geschickt.

»Ich bin mutiger geworden«, dachte er, »ich fürchte mich nicht mehr vor den großen Jungen.«

Er bog von der Hauptstraße ab. Der Seitenweg war mit Schaufeln ausgehoben worden. Seine Gestalt verschwand zwischen den hohen Schneewällen.

Der Pfad führte nirgendwo hin. An seinem Ende lag ein riesiger Schneehaufen. Der Junge erkletterte ihn.

Da lag das Haus vor ihm, dunkel und still. Ein weißes, unberührtes Schneefeld trennte ihn davon.

Die Läden waren geschlossen, und der Wind hatte eine hohe Schneewehe vor der Türe zusammen geblasen.

Fassungslos starrte der Junge auf das Haus.

Sie war abgereist. Sie war in jene Welt zurückgekehrt, von der sie so oft erzählt hatte. Nie mehr würde sie auf ihn warten, nie würde er die Geschichte von Remi zu Ende hören, nie mehr würde sie für ihn singen.

Verzweifelt und von einer blinden Hoffnung erfüllt, versuchte er einige Schritte zu gehen.

Es war sinnlos. Er versank bis zu den Hüften im Schnee. Er musste umkehren.

Tanse ist eine Milchkanne, die wie ein Rucksack getragen wird. Mit ihr bringen die Bergbauern die Milch von der Weide auf den Hof.

DER ROSAROTE
TEDDYBÄR

Vom Glanz der Karosserie war wenig übrig geblieben. Mit dem linken Zeigefinger versuchte der Junge, seinen Namen auf den über und über mit Staub bedeckten Benzintank zu malen. Bald sollte er in eine richtige Schule gehen. Dann würde es mit den langen Ferien im alten Haus der Großmutter für immer zu Ende sein.

»Eine Höllenmaschine« nannte die Großmutter Onkel Ottos Motorrad, mit dem er jeden Samstag früh davonfuhr, um am Abend verschwitzt und aufgedreht wiederzukommen.

Als der Junge in die Küche zurückkehrte, war Onkel Otto eben dabei, sich seiner Lederkluft zu entledigen und sich ohne Scham bis auf die Unterhose auszuziehen. Im Schiff auf dem Holzherd stand das warme Wasser, mit dem er sich von oben bis unten zu reinigen begann. Die Großmutter wusch ihm den Rücken und rieb ihn nachher trocken. Neugierig schaute der Junge zu und ließ sich nichts von der Prozedur entgehen. Er hatte weder seinen Vater noch seine Mutter jemals so nackt gesehen.

Otto war der Jüngste der sechs Brüder, von denen der Vater des Jungen der Älteste war. Während sich alle erfolgreich im Leben bewährten, fand Otto es nicht nötig, einer regelmäßigen Arbeit nachzugehen. Seit dem Tod des Vaters sprach er nie mehr davon, das Elternhaus zu verlassen. Die Großmutter verteidigte ihn: »Er braucht mich.«

Als Kind musste Onkel Otto oft krank gewesen sein und an Epilepsie gelitten haben. Doch der Junge sah einen kräftigen muskulösen Burschen vor sich.

»Unser Kuckucksei« nannte Vater den »kleinen« Bruder.

»Mein Sorgenkind«, sagte die Großmutter.

Der Junge konnte sich weder unter einem Kuckucksei noch unter einem Sorgenkind etwas vorstellen.

War es, weil Otto hin und wieder ein Glas Bier zu viel trank, sich auf Jahrmärkten herumtrieb, jedes Karussell ausprobierte und sich wünschte – wie er dem Jungen sagte –, in einem Zirkus geboren zu sein.

Eines Tages brachte Onkel Otto einen rosaroten Teddybären nach Hause, so groß wie der Junge selber.

»Der Schießbudenbesitzer wollte ihn mir zuerst gar nicht geben«, erzählte er. »Doch den hab' ich redlich verdient. Jeder Schuss ein Volltreffer.«

Der Junge presste den riesigen Bären an sich, als wollte er ihn nie mehr loslassen.

»Ich schenke ihn dir«, sagte Otto

»Noch nie«, dachte der Junge, »bin ich so stolz und glücklich gewesen.«

Als die Ferien zu Ende waren, hätte der Junge den Bären gerne mit nach Hause genommen.

»Meinetwegen«, sagte Onkel Otto.

»Nein«, sagte die Großmutter, »der bleibt hier und wartet auf dich.«

Doch als der Junge nach einigen Wochen wiederkam, nun als einer, der zur Schule ging, war der Bär von seinem Platz auf dem Sofa verschwunden.

»Ach«, sagte die Großmutter, »sie hat ihn mitgenommen. Sie war verrückt nach Plüschtieren jeder Art.«

Der Junge presste die Lippen zusammen.

Als das Mädchen am folgenden Samstag, ebenfalls ganz in Leder gekleidet, den Jungen vor dem Haus überschwänglich begrüßte und darauf mit Onkel Otto auf der Höllenmaschine davonbrauste, hasste er sie.

Die Liebe zwischen Onkel Otto und dem überschwänglichen Mädchen dauerte nicht lange.

»Das war vorauszusehen«, sagte die Großmutter. »Den Bären hat sie behalten. Ich kauf dir einen neuen, mit dem du kuscheln und den du mit ins Bett nehmen kannst.«

»Nein«, sagte der Junge, »ich will keinen Bären.«

An Weihnachten darauf wünschte er sich eine Puppe. »Was für ein absurder Wunsch für einen Jungen«, meinte der Vater. Er bekam die Puppe trotzdem. Seine sanfte Mutter hatte sich wie schon oft für ihn gewehrt.

Als der Junge nach dem Tod seines Vaters in den Fotoalben der Eltern blätterte, fand er den rosaroten Teddybären wieder. Er sah sich vor dem Haus der Großmutter in der Sonne sitzen und friedlich neben ihm, auf einem eigenen Stühlchen, den rosaroten Teddybären. Als hätte er ihm ein Leben lang die Treue gehalten.

Heimgekehrt in seine Kindheit wie in ein vertrautes Land, spürte er noch einmal den stummen Schmerz über den an ihm begangenen Verrat, aber – wunderbarerweise – brauchte er sich nun seiner Tränen nicht mehr zu schämen.

JOYEUX NŒL

Erinnerungen!

Sie liegen in uns wie ein Mosaik. Steinchen, die wir fest eingefügt glaubten, lösen sich los.

Erinnerungen! Nie sind wir sicher vor ihnen, nicht im Kuss, nicht in der Umarmung. Der Augenblick, und sei er noch so glücklich, ist heimtückisch, unverlässlich. Eine Melodie, ein Kinderlachen, der Duft frischgebackenen Brotes genügt, um uns in eine andere Zeit, an einen anderen Ort zu versetzen.

Es war am Heiligen Abend. Ich fuhr zu meinem älteren Bruder, der in Paris studierte.

Zur Dämmerstunde war ich in Basel und lief durch die Straßen, bedroht vom Totenantlitz der kürzlich verstorbenen Mutter.

Ich floh aus einem Café, in dem sich die Wirtin mit ihren Angestellten um einen Weihnachtsbaum versammelte. Von einer Schallplatte ertönten Weihnachtslieder.

Es war eine kalte Nacht, voller Sterne. Die Glocken, die mich von der Straße vertrieben hatten, waren wieder verstummt. Hinter vielen Fenstern sah ich die Kerzen am Tannenbaum brennen.

Gegen elf Uhr, als ich die Bahnhofshalle betrat, war sie beinahe leer. Einige Zollbeamten fertigten die wenigen Reisenden ab, außer mir ein junges Ehepaar und eine Familie aus Algier mit unzähligen Koffern, Taschen und zusammengeschnürten Paketen.

Ich wollte allein sein. Ich setzte mich in ein schlecht beleuchtetes Abteil. Aber kurz vor der Abfahrt des Zuges riss ein älterer Mann die Tür auf, stolperte über seinen langen, gestrickten Schal, fluchte leise vor sich hin und machte es sich mir gegenüber bequem. Er roch nach Alkohol und fing sogleich ein Gespräch mit mir an.

Auch er fuhr nach Paris.

»Zu meiner Tochter, zu Marie ...«, sagte er.

Nachdem er mich noch einmal misstrauisch gemustert hatte, schälte er aus einem zerknitterten Seidenpapier eine kleine vergoldete Damenuhr.

»Das bring ich ihr!«, sagte er stolz. »Ich habe mein Kind seit Jahren nicht mehr gesehen.«

Er strahlte, als ich sein Geschenk bewunderte.

»Nein, sie soll nicht sagen, ihr Vater hätte sich nie um sie gekümmert!«

Später legte er sich auf die Bank, rollte seinen Mantel zu einem Kissen zusammen und schloss die Augen. Ich betrachtete sein Gesicht, die dunkelbraune

Warze auf seiner Stirn, die Narben am Kinn, die tiefen Falten um den Mund ...

Von Zeit zu Zeit schreckte er auf und fuhr mit der Hand nach der Seitentasche seines Rockes.

Ich beruhigte ihn.

»Ich werde aufpassen«, sagte ich, »schlafen Sie ruhig weiter!«

In Mulhouse füllte sich der Zug mit Soldaten. Wie eine Lawine ergossen sie sich in die leeren Abteile. Mit der Ruhe war es vorbei. Eingeklemmt saß ich zwischen den laut lachenden und rauchenden Männern. Aufgescheucht hatte sich der Alte in die Ecke am Fenster geflüchtet.

Einen großen Teil der Fahrt verbrachte ich stehend an einem Fenster des Ganges. Ich starrte hinaus, dankbar für die Lichter, die hin und wieder auftauchten und ein Haus, einen Bahnhof oder eine Straße der Nacht entrissen. Ich ersehnte den Morgen, das vertraute Gesicht meines Bruders, seine Sprache.

Meinen Reisegefährten und seine Uhr hatte ich vergessen.

In Paris war die Nacht zu Ende, der Tag hatte noch nicht begonnen. Ich begegnete fröhlichen Heimkehrern, mit bunten Papiermützen geschmückt, mit Konfetti überschüttet und in ausgelassener Stimmung. Mit der Metro fuhr ich in das mir von früheren Besuchen her bekannte Hotel in der rue Gabriel Laumain. Neben mir saß ein Soldat, der plötzlich eine kleine, goldschimmernde Uhr hervorzog und ein zerknittertes schmutziges Seidenpapier auf den Boden warf.

Ich starrte den Soldaten an, unfähig irgendetwas zu sagen oder zu tun.

Es war die Uhr für Marie.

Hastig verließ er bei der nächsten Station den Wagen.

Hatte er mich wiedererkannt?

Sollte ich dem Mann nachlaufen, schreien …?

Ich war wie gelähmt.

Ich hätte umkehren und meinen Reisegefährten suchen müssen. Vielleicht hätte ich ihn noch gefunden, traurig oder leise vor sich hin fluchend, irgendwo an einer Bar im Gare de l'Est. Ich hätte ihm mein Geld geben können …

Ich tat nichts. Ich saß da und fuhr unter der Erde dahin, in den Adern dieser großen und wunderbaren Stadt.

Schwermut und Verlassenheit überfielen mich.

Erinnerungen!

Sie liegen in uns wie ein Mosaik. Nie sind wir sicher vor ihnen, nicht im Kuss, nicht in der Umarmung. Der Augenblick ist heimtückisch, unverlässlich.

Oh, wie ich mir als Kind sehnlichst eines jener billigen Jahrmarktsührchen gewünscht hatte!

»Liebes Christkind, schenk mir eine Uhr!«

Doch das Christkind schien mich nicht zu hören, hatte mit einem kleinen sechsjährigen Jungen kein Erbarmen.

Ich weiß nicht mehr, weshalb mir gerade eine Uhr so begehrenswert erschien. Ich war damals fort von daheim und wohnte bei meinen Großtanten, geplagt von Heimweh nach meinem Bruder, nach meinem Vater und Mama, die in einer Klinik von ihrer Schwermut geheilt werden sollte und lange Briefe schrieb, die man uns Kindern verheimlichte. Doch nicht an meine kindliche Enttäuschung musste ich denken, sondern daran, wie ich nach Weihnachten ein solches Ührchen aus der Spielzeugschachtel meiner kleinen Gefährtin stahl und doch nicht wagte, es am Arm zu tragen. Ich verbarg es in meiner Tasche, im Bett, unter den Sägemehlkissen zwischen den Fenstern, immer in Angst vor

Entdeckung. Eines Tages warf ich es in den Fluss, der an unserem Haus vorüberzog. Dort ist es wohl verrostet, dort liegt es vielleicht immer noch oder die Wellen haben es fort getragen.

Und nun saß ich an einem Weihnachtsmorgen in der Untergrundbahn von Paris und konnte mich nicht gegen diese Erinnerung wehren. Sie war da, losgelöst, eine Last auf meinem Herzen. Und ich erkannte jäh, dass die Schuld nicht nur den Soldaten, sondern auch mich traf, und dass nur die Geburt Christi in dieser Nacht es mir möglich macht, sie anzunehmen und zu ertragen.

Als ich mit meinem Gepäck dem Ausgang zustrebte und die Treppe hinaufstieg, strahlte mich von der Front eines Warenhauses ein riesiger Engel an, und ich las die Worte: Joyeux Nœl.

IL PANETTONE
Eine Weihnachtsgeschichte
aus dem Tessin

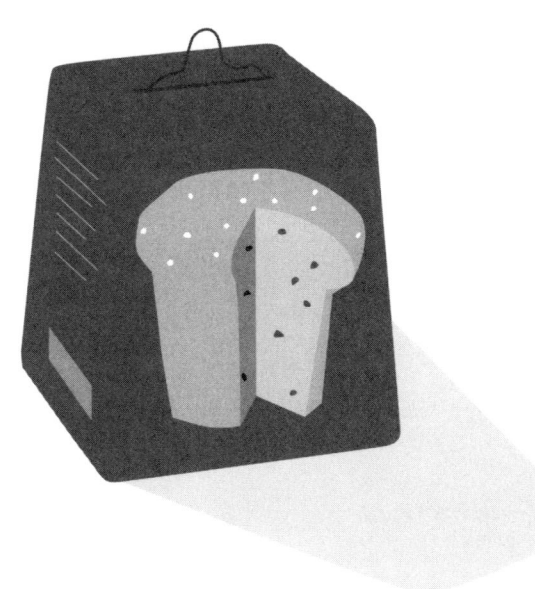

»Keine Post für dich!«, sagte sie.

Luigi schaute seine Schwiegertochter misstrauisch an. Anita lachte.

Es fiel ihr schwer, die Schadenfreude zu verbergen.

»Nichts!«, sagte sie noch einmal.

Sie würde sich hüten, das Paket an seiner Stelle in Empfang zu nehmen. Vor einem Jahr hatte der Alte deswegen zwei Tage lang nicht mehr mit ihr gesprochen.

Luigi wurde von Monat zu Monat merkwürdiger.

Seine Marotten waren kaum noch zu ertragen. Er gehörte in ein Altersheim. Doch Franco zeigte kein Verständnis für ihre Klagen. Er hatte gut reden. Er brauchte nicht von morgens bis abends mit seinem Vater zusammen zu sein.

Es war fünf Tage vor Weihnachten. Das Paket, das Luigi so ungeduldig erwartete, war ein Panettone, ein Geschenk der Fabrik an ihre pensionierten Arbeiter. Vierundfünfzig Jahre hatte Luigi in der Spinnerei gearbeitet. Eigentlich genau von dem Tag an, an dem er aus der Schule kam.

Als der Besitzer der Fabrik in den dreißiger Jahren Konkurs gemacht hatte und beinahe die ganze Belegschaft entlassen musste, hatte Luigi ihm sein Erspartes angeboten. Der Direttore hatte es zurückgewiesen, Tränen in den Augen.

Ja, der alte Direttore war ein Herr, ein richtiger Herr.

Seit seinem Schlaganfall zeigte er sich selten im Dorf, aber seine alten Arbeiter grüßte er auf der Straße noch jeden bei seinem Namen. Er war 85 Jahre alt, genau wie Luigi. Damals, in jenem traurigen Jahr, hatte er den wenigen im Betrieb verbliebenen Arbeitern zu Weihnachten zum ersten Mal einen Panettone geschenkt.

»Die verdammten Pakete!«, fluchte der junge Briefträger vor sich hin. In der Nacht war Schnee gefallen. Es war unmöglich, den Handwagen in den engen Gassen hinauf- und hinunterzustoßen, darum ließ er ihn auf der Brücke stehen. Missmutig stapfte Remo durch den Schnee. Viele der alten Leute unterließen es, ihn von den Treppen und vor den Türen ihrer ineinander verschachtelten Häuser wegzufegen. Sie blieben einfach vor dem Kamin hocken und warteten, bis die Sonne wiederkam und der Schnee dahinschmolz.

Und ausgerechnet heute musste er nun die unförmigen Panettone-Schachteln austragen. Auch wenn es jedes Jahr weniger wurden, waren es immer noch zu viele.

Als Remo den vollbeladenen Wagen über die steinerne Brücke weiter zog, hätte er ihn am liebsten in den Fluss gekippt. Was lag den alten Männern und Frauen denn an diesen billigen Kuchen? Die konnten sie sich heute doch selber kaufen, wenn sie Lust darauf hatten. Die verdammten Kuchen waren nichts anderes als ein Almosen, ein Trostpflaster, ein Relikt. Ausgenützt hatte man sie jahrzehntelang! Der alte Direttore war ein Halsabschneider. Remo dachte an seine riesige, von einem Park und einer hohen Mauer umgebene Villa, Badezimmer mit vergoldeten Wasserhähnen, Stukkaturen an den Decken ... Zum Glück hatten sich die Zeiten geändert. Und sie würden sich weiter ändern. Als Mitglied der Arbeiterpartei würde auch er dazu beitragen.

Remo war vor Luigis Haus angekommen. Obwohl es immer noch schneite und ein scharfer Wind wehte, stand der Alte vor der Tür und erwartete ihn.

»Endlich!«, brummte er, als er das Paket entgegen nahm.

»Wirst du ihn noch beißen können?«, fragte Remo.

Luigi spürte den Spott in Remos Stimme nicht.

»In Kaffee getunkt schmeckt er prima.«

»Was liegt dir eigentlich an dem alten Zopf?«, bohrte Remo weiter.

Luigi hielt das Paket in den Händen und musterte die Adresse. Sie stimmte. Sie kannten ihn also noch, sie hatten ihn nicht vergessen ...

»Es wäre gescheiter, sie würden euch einen Hunderter schicken«, fuhr Remo fort. Er versuchte den Alten zu ärgern und in Rage zu bringen.

»Ich werde mit denen da unten einmal reden«, sagte er und zeigte mit dem Finger auf die am Fluss in der Talsohle gelegene Fabrik. Von den Gebäulichkeiten, in denen Luigi gearbeitet hatte, war nur ein Teil übrig geblieben. Seit die beiden Söhne des Direttore die Leitung übernommen hatten, war alles anders geworden. In der Trattoria erzählten die jungen Arbeiter von Computern, neuen Maschinen, der modernen Kantine, von der Mitbestimmung und Gewerkschaftsverträgen. Luigi hörte ihnen zu, wusste nichts zu sagen, trank seinen Kaffee und nippte an seinem Grappa. War das überhaupt noch seine Fabrik?

Ja, solange Weihnachten der Panettone kam!

Er klaubte einen Franken aus seiner Westentasche und reichte ihn dem Briefträger.

»Für dich!«, sagte er.

Remo steckte das Geldstück ein. Lieber hätte er es dem Alten vor die Füße geworfen.

Dieser Trottel!

Luigi war sicher der einzige, dem an diesem verdammten Kuchen noch etwas lag.

Im Jahr darauf lag Luigi mit einer Lungenentzündung im Bett. Die Asthmaanfälle folgten einander in immer kürzeren Abständen, und auch mit seinem Herzen stand es nicht zum Besten. Er war so schwach geworden, dass er das Bett kaum mehr verlassen konnte.

Doch den Panettone hatte er nicht vergessen.

Schon zwei Wochen vor Weihnachten begann er, seine Schwiegertochter damit zu quälen.

Er musste einsehen, dass er nun den Empfang des Paketes wohl oder übel Anita überlassen musste.

Ob sie in der Fabrik daran dachten?

Im Herbst war der Direttore gestorben. Obwohl Luigi damals an einer schweren Bronchitis litt, hatte er sich weder von seinem Sohn noch von seiner Schwiegertochter abhalten lassen, am Begräbnis teilzunehmen.

Von weither waren die Leute gekommen, neben der Familie und den Mitgliedern der Behörden viele ehemalige Arbeiter und Arbeiterinnen. Luigi hatte alte Freunde getroffen. Und nicht nur Luigi hatte ein Glas zu viel getrunken. Es war ein Fest geworden, sein letztes.

Seither hatte man ihn in der Trattoria nicht mehr gesehen.

»Er ist viel erträglicher geworden, seit er im Bett liegt«, sagte Anita zu Franco.

Luigis Hilflosigkeit rührte sie.

»Nur nicht ins Krankenhaus!«, bat er.

Seine Frau war im Krankenhaus gestorben, und er hatte Angst davor.

»Wir behalten dich Zuhause, solange es geht«, versprach Franco.

Es war sein Haus, Luigis Haus.

Er hatte es mühsam von dem Geld zusammen gespart, das er damals aus seinem Verdienst erübrigen konnte.

Die Jungen schienen das vergessen zu haben.

Sie hatten von dem Haus Besitz ergriffen, umgebaut, ein Badezimmer eingerichtet, einen Raum unter dem Dach, als ob es ihnen schon gehörte.

Luigi ließ sie gewähren.

Das einzige, was ihn in diesem Augenblick zu beschäftigen schien, war sein Panettone.

»Als ob sein Leben nur noch an diesem Kuchen hinge«, sagte Anita zu Remo.

Drei Tage vor Weihnachten erhielt Luigi seinen Panettone. Anita wunderte sich und sah den Briefträger fragend an. Nicht nur Remo, sondern auch sie hatte gehört, das Geschenk sei endlich als Überbleibsel von früher abgeschafft worden.

Aber weder sie noch Franco hatten gewagt, es dem Vater zu sagen.

Insgeheim hofften sie, er werde das Fest nicht überleben.

»Ich möchte ihm das Paket persönlich überreichen«, sagte Remo.

Als er die Kammer Luigis betrat, erkannte er ihn kaum wieder. Abgemagert und mit großen Augen lag er da.

»Hier, dein Panettone«, sagte Remo heiser, durch den Anblick des Kranken eingeschüchtert.

Luigi versuchte sich aufzurichten.

Es gelang ihm nicht.

Aber als ihm Remo das Paket auf die Bettdecke legte, prüfte er wie früher zuerst die Adresse. Sie stimmte.

Er schaute Anita triumphierend an.

»Gib ihm einen Franken!«, flüsterte er.

Remo nahm ihn entgegen.

Zum ersten Mal brauchte er sich nicht zu überwinden, danke zu sagen.

»Woher hast du den Panettone?«, fragte Anita, als sie Remo vor die Haustüre begleitete.

Remo zögerte mit der Antwort.

Sollte er ihr erzählen, dass er eigens dafür zum richtigen Bäcker in die Stadt gefahren war, dass er sich in der Fabrik eine Klebeadresse erbeten und das Paket selber geschnürt hatte?

Nein!

Wozu auch!

Er fühlte sich plötzlich in seine Kindertage zurückversetzt und erinnerte sich daran, wie wunderbar es gewesen war, ein Geheimnis zu haben.

»Vom Christkind!«, lächelte er und machte sich mit seiner schweren Briefträgertasche auf den Weg.

SONNTAG

»Was möchtest du?«, fragte der Vater.

Daniela studierte die Karte und entschied sich für Riz colonial.

»Gern!«, sagte der Kellner. Er behandelte Daniela wie eine Dame.

Das Restaurant war bis auf den letzten Platz besetzt. Am Nebentisch saß ein Ehepaar mit zwei Kindern. Die beiden stritten sich wegen einer kleinen Puppe aus Plastik. Die Mutter versuchte den Streit zu schlichten. Daniela sah, wie der Junge seine Schwester unter dem Tisch dauernd mit den Füßen stieß. Das Dessert machte dem Gezank ein Ende.

Daniela erinnerte sich, wie sehnlichst sie sich einmal ein Schwesterchen gewünscht hatte.

»Wie geht's in der Schule?«, fragte der Vater.

»Wie immer«, antwortete Daniela.

»Wird es fürs Gymnasium reichen?«

»Ja, ich hoffe es.«

Daniela wusste genau, dass ihre Noten weder in Mathematik noch in Französisch genügten. Dann eben eine kaufmännische Lehre ... oder Arztgehilfin ... Sie wollte jetzt nicht daran denken.

»Für mich waren Prüfungen nie ein Problem«, sagte der Vater.

Daniela war froh, als der Kellner das Essen brachte.

Der Reis mit Fleisch und Früchten schmeckte ihr.

»Deine Mutter konnte nie richtig kochen«, sagte der Vater.

Daniela gab darauf keine Antwort.

»Ich brauche einen neuen Wintermantel«, sagte sie.

»Schon wieder?«

»Ich bin seit dem letzten Jahr zehn Zentimeter gewachsen.«

»Wofür bezahl ich eigentlich Alimente?«

»Mutter sagt, das Geld reicht nur für das Nötigste.«

»Gut! Aber ich will die Rechnung sehen.«

»Wünschen die Herrschaften ein Dessert?« Der Kellner versuchte, mit Daniela zu flirten.

»Nein, danke!«, sagte sie, obwohl sie sich heute früh in der Kirche ausgedacht hatte, Vanilleeis mit heißer Schokolade zu bestellen.

Nach dem Essen fuhren sie am See entlang.

Der Vater hatte ein neues Auto.

Er sprach über Autos wie die Jungen in der Schule.

Daniela verstand nicht, warum man sich über ein Auto freuen konnte, nur weil es einen starken Motor hatte.

Aus dem Radio erklang Volksmusik. Sie fiel Daniela auf die Nerven. Aber sie stellte sie trotzdem lauter.

»Hast du viel Arbeit?«, fragte sie.

»Wir bauen eine neue Fabrik.«

Der Vater war Ingenieur. Daniela betrachtete ihn von der Seite, neugierig, wie einen Gegenstand. Sein Gesicht war braungebrannt, sportlich. Der Schnurrbart stand ihm gut.

»In zwei Wochen werde ich vierzig! Aber alle schätzen mich jünger.«

Daniela lachte. Ihr erschien er älter.

»Wie alt bist du eigentlich?«

»Hundert!«, sagte Daniela.

»Nein, ehrlich ... !«

»Das solltest du doch wissen. Du fragst mich jedes Mal ... Im Februar dreizehn.«

»Dreizehn! Hast du einen Freund?«

»Nein!«, sagte Daniela.

»Das wundert mich. Du siehst hübsch aus!«

»Findest du?«

»So erwachsen!«

Auf einer Terrasse am See tranken sie Kaffee.
Daniela beobachtete die Segelschiffe.

Der schöne Herbstsonntag hatte unzählige Boote aufs Wasser hinausgelockt.

Der Vater war verstummt und schaute alle fünf Minuten auf seine Uhr.

»Ich habe um vier Uhr eine Verabredung.«

»Also, gehen wir doch«, sagte Daniela und erhob sich.

Der Vater schien erleichtert.

»Ich bringe dich nach Hause«, sagte er.

»Ach, du bist schon wieder da?«, sagte die Mutter.

Sie war noch immer im Morgenrock. Während der Woche arbeitete sie halbtags in einer Modeboutique. »Sonntags lasse ich mich gehen«, sagte sie zu ihren Freundinnen, »sonntags bin ich nicht zu sprechen.«

»Er hatte eine Verabredung«, erzählte Daniela.

Die Mutter lachte.

»Ich möchte wissen, warum er eigentlich darauf besteht, dich zu sehen. Im Grunde liegt ihm doch nichts daran. Nur weil das Gericht so entschieden hat und um mich zu ärgern.«

Daniela wurde wütend.

»Es geht ihm ausgezeichnet«, sagte sie. »Er hat sich ein neues Auto gekauft und sieht prima aus.«

Die Mutter zuckte bei ihren Worten zusammen.

»Und den Wintermantel?«, fragte sie.

»Bewilligt!«

Die Mutter griff sich mit der Hand an die Stirn.

»Diese Kopfschmerzen!«, stöhnte sie. »Hol mir eine Tablette aus dem Badezimmer!«

Daniela gehorchte.

»Ich gehe jetzt«, sagte sie nachher.

»Hast du keine Aufgaben?«

»Nein!«

»Aber komm nicht zu spät zurück!«

»Ich esse bei Brigitte.«

»Gut, bis neun Uhr. Ich lege mich wieder hin.«

Als Daniela die Tür des Lokals öffnete, schlug ihr eine Welle von Rauch- und Kaffeegeruch entgegen. An den niederen Tischen saßen junge Leute, die meisten in Gespräche vertieft. Die Wände waren mit Postern tapeziert.

Danielas Augen gewöhnten sich allmählich an das Halbdunkel.

Suchend schaute sie sich um.

Der Discjockey nickte Daniela zu.

»Well, I left my happy home to see what I could find out«, sang Cat Stevens.

Ja, er hatte Recht. Um herauszufinden, wie die Welt wirklich war, musste man sein Zuhause verlassen.

Heinz hatte Daniela den Text übersetzt. Heinz war schon sechzehn Jahre alt. Sie war stolz darauf.

Er saß in einer Ecke und winkte.

Aufatmend setzte sich Daniela neben ihn. Er legte seinen Arm um ihre Schultern.

»Hast du den Sonntag überstanden?«, fragte er.

»Ja, Gott sei Dank!«

»War es schlimm?«

»Es geht ... wie immer.«

»Mach dir nichts draus.«

Daniela kuschelte sich an ihn.

»Was meinst du, werden wir es besser machen?«, fragte sie. »Wenn wir einmal erwachsen sind?«

In ihrer Stimme klangen Zweifel.

»Natürlich«, sagte Heinz, »natürlich werden wir es besser machen.«

EINE ROLLE
FÜR ANNA

»Stellt euch in eine Reihe!«, sagte die Lehrerin zu den Mädchen.

Stühle wurden gerückt. Die Mädchen schubsten sich und drängten nach vorn. Die Jungen auf den Plätzen scharrten mit den Füßen.

»Das Spiel! Das versprochene Krippenspiel ...«

Elsa wartete, bis die Kinder sich beruhigt hatten. Prüfend wanderten ihre Augen über die fünfzehn hellen und dunklen Köpfe.

Es wird hübsch aussehen, dachte sie, die Mädchen in weißen schlichten Kleidern als lebendiger Vorhang vor der Krippe, die kindlich ernsten Gesichter, die Hände auf der Brust gefaltet.

Ihr Blick fiel auf Anna. Stumpf und unbeteiligt stand das Kind da. Das dicke braune Wollkleid ließ es noch unförmiger erscheinen. Anna wird ihr das ganze Bild verderben. Es wäre das einfachste, sie vom Spiel auszuschließen.

Als ob die Mädchen ihre Gedanken erraten hätten, nahmen sie Abstand von Anna.

»Sie stinkt«, flüsterte Gerda und hielt sich demonstrativ die Nase zu. Elsa wies sie zurecht.

Unentschlossen schickte sie die Mädchen wieder an ihre Plätze zurück. Sie hatte immer noch die Möglichkeit, sich die zusätzliche Arbeit mit dem Krippenspiel zu ersparen. Sie übersah die enttäuschten Gesichter und bemühte sich, den Unterricht fortzusetzen.

»Nehmt eure Lesebücher!«, sagte sie.

Am Abend kam Erich aus der Stadt zu Besuch. Er brachte Blumen mit, drei lange Zweige mit schmalen, lanzenförmigen Blättern und winzigen roten Blüten. Elsa ordnete sie in die Vase aus weißem Opalin. Erich blätterte in einer Zeitschrift. Sie sprachen über belanglose Dinge. Es war, als ob der Verlobungsring etwas zerstört hätte, etwas Zartes, Schwebendes ... Auch die Beschwörung glücklicher Augenblicke des vergangenen Sommers half nichts. Die Hochzeit stand bevor, die Kündigung ihrer Stelle, das Verlassen des Dorfes. Elsa verschwieg Erich, dass die Mutter täglich anrief. Ihre Gedanken schienen nur noch um Möbel, Geschirr und Wäsche zu kreisen. Sie drängte, weil sie Elsas innere Passivität spürte. Alles, was mit der Hochzeit zusammenhing, weckte Elsas Widerstand. Sie wusste auch, warum. Nicht sie, sondern das Kind, das sie seit zwei Monaten erwartete, hatte die Entscheidung getroffen.

Wo blieb nun die Freiheit, über die sie so oft zusammen diskutiert hatten.

Freiheit, was war das eigentlich.

Erich war von dieser Frage besessen. Wie oft hatte er ihr leidenschaftlich erklärt, wie die Freiheit von bürgerlichen Bindungen bedroht sei und wie eng die Flucht unserer Gesellschaft in den sinnlosen Konsum damit zusammenhänge.

Nun sprach er nie mehr davon. Es machte sie traurig. Sollte sie ihn daran erinnern? Es würde ihn verletzen. Das keimende Leben in ihr hatte vielen Worten den Sinn genommen.

Einer plötzlichen Regung folgend, verteilte Elsa anderen Tags die Rollen.

Joseph, die Hirten, ein Wirt, drei Könige.

Das war einfach.

Dann standen wieder die Mädchen vor ihr.

Elsa hatte Claudia als Maria vorgesehen. Noch einmal schweiften ihre Blicke von einem zum anderen. Anna schaute zum Fenster hinaus, ohne jede Erwartung.

»Anna, du bist Maria!«

Anna fuhr zusammen. Etwas Unerwartetes, Unbe-

greifliches hatte sie getroffen. Eine stumme Empö-
rung ging durch die Reihe der anderen Mädchen.
»Und ihr seid Engel!«, sagte Elsa klar und bestimmt.
Sie kümmerte sich nicht um die vorwurfsvollen und
beleidigten Blicke.
Ungläubig starrte Anna die Lehrerin an.
Elsa lächelte ihr zu.

Umständlich versuchte Anna, mit dem Gürtel des
alten Mantels zurechtzukommen. Der Platz vor
dem Schulhaus hatte sich geleert. Die Dämmerung
war hereingebrochen. Die hell erleuchteten Schaufenster auf dem Dorfplatz vermochten Anna heute
nicht zu verlocken.
So schnell sie konnte, eilte sie nach Hause.
Vor dem Mietshaus, das zur Fabrik gehörte, in der
Annas Mutter arbeitete, nestelte sie den Schlüssel
unter ihrem Pullover hervor.
Auf dem Küchentisch lagen die gekochten Kartoffeln. Anna schälte sie und deckte den Tisch.
Ich bin Maria!
Der Gedanke überwältigte das Kind immer wieder
von neuem.
Was würde die Mutter sagen?

Endlich hörte es ihren Schritt auf der Treppe.

»Ich habe Kopfschmerzen«, sagte sie, als sie in die Küche trat, »bring mir die Tabletten!«

Soll ich es ihr jetzt sagen, überlegte Anna, als sie zusammen am Tisch saßen.

Es war wunderbar, das Geheimnis noch ein wenig auszukosten. Sie versuchte ihrer Stimme einen gleichgültigen Klang zu geben.

»Wir machen in der Schule ein Krippenspiel.«

Die Mutter schien gar nicht hinzuhören.

»Du«, sagte Anna, »ich bin Maria!«

Die Mutter lachte.

»Du und Maria!«

»Doch, doch«, ereiferte sich Anna, »die Lehrerin hat es gesagt. Ich bin Maria.«

Einige Tage vor Weihnachten lag Elsas Brief auf Erichs Tisch.

»Lieber Erich, die vergangenen Tage brachten mich an mir bis jetzt unbekannte Abgründe. – Liebst du mich? Diese Frage scheint mir plötzlich sinnlos.

Ich schreibe dir, weil ich versuche, mich klar und einfach auszudrücken. Wir haben oft von Freiheit gesprochen. Das Kind soll dich zu nichts verpflichten. Das Kind hat uns einander nicht näher gebracht, es hat uns entfremdet. Ich spüre, wie du dich betrogen fühlst. Und darum möchte ich dir die Freiheit zurückgeben. Für mich wird es zur Verwirklichung der Freiheit gehören, dass ich mich den aus diesem Entschluss erwachsenden Schwierigkeiten stelle. – Deine Elsa.«

Erich las den Brief wieder und wieder. Er hatte ihn nicht erwartet. Sollte er sich darüber freuen? Es gelang ihm nicht. Da standen verborgen zwischen Elsas Zeilen die Worte von der Freiheit, seine eigenen Worte. Elsa hatte sie weiter gedacht.

Freiheit! Ja, was war das eigentlich? – Eine Verheißung, die Bereitschaft, eine Verantwortung auf sich zu nehmen, die Bereitschaft, ein Opfer zu bringen, selbst gewählte Bindung?

Die Fragen ließen ihm keine Ruhe mehr.

Die Szenen mit Maria und Joseph, Maria mit den Hirten, Maria und den Königen mussten täglich geübt werden.

Manchmal fiel es Elsa schwer, die Geduld mit Anna nicht zu verlieren.

Die anderen triumphierten.

Aber je mehr sie sich bemühte, dem schwerfälligen und plumpen Kind seine Rolle beizubringen, umso mehr fühlte sie sich mit ihm verbunden. Es war ein tiefes Einverständnis, das mit Worten nicht zu erklären war.

Anna war ein Teil jener Freiheit in ihr, die sie sich jetzt erringen und aufbauen musste.

Am Sonntag vor dem Heiligen Abend drängten sich die Eltern im Schulzimmer, standen an den Wänden, saßen auf den niederen Stühlen und besetzten die Fensterbänke. Im Flur versuchte Elsa die aufgeregten Kinder zu beschwichtigen, kämmte den Engeln die Haare, knüpfte die goldenen Bänder und rückte den Königen zum letzten Mal die Kronen zurecht. Alle schwatzten durcheinander.

Nur Anna war ruhig und in sich gekehrt.

Aber als Elsa dem Kind das blaue Kopftuch unter dem Kinn festband, spürte sie seine Angst.

Würde es auch keinen Satz vergessen?

Elsa beruhigte es.

»Meine Mutter ist auch da«, flüsterte Anna plötzlich.

Als die Kinder in einer Reihe in das überfüllte Schulzimmer traten und sich vor dem mit silbernen Papiersternen geschmückten Vorhang ordneten, wurde es still.

Die Engel stellten sich vor die Krippe, während rechts die Hirten ihr Lied anstimmten.

Elsa hatte Erich gleich beim Eintritt erkannt. Sie spürte, wie ihr das Blut ins Gesicht stieg, doch dann war sie ganz bei dem Spiel, dem alten Spiel, wie es in Tausenden von Schulstuben und Kirchen aufgeführt wurde, die Geschichte von Maria und Joseph, der Herbergssuche, dem göttlichen Kind im Stall, den drei Hirten, den strahlenden Engeln und den drei Königen aus dem fernen Morgenland.

Als es zu Ende war, spürte Elsa Erichs Hand auf der ihren.

»Gib mir den Schlüssel«, sagte er einfach, »ich warte auf dich!«

DAS KLEINE LICHT

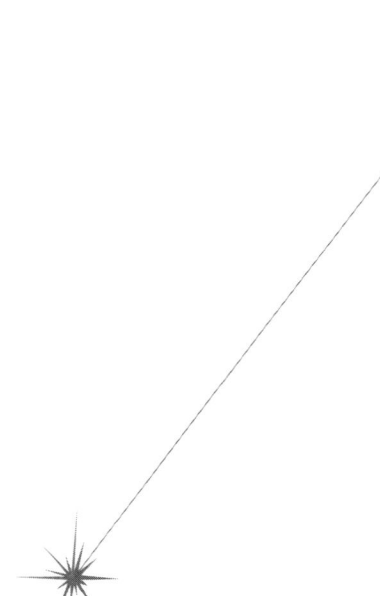

In einem Wald stand ein winziger Tannenbaum zwischen lauter Riesen. »Winzling«, lachten die Riesen, wenn sie ihn sahen, wie er sich vergeblich streckte, um nur einmal ein Stück Himmel zu ergattern.

»Verschwinde! Ich brauche Platz!«, zeterte ein Farnstock, der neben ihm stand. Dabei wuchs er immer schneller, rollte seine Blätter auf und breitete sich nach allen Seiten aus. Winzling blieb am Ende nichts als Schatten.

»Ich muss sterben«, dachte der winzige Tannenbaum. Doch da erschien auf einmal ein kleines Licht in der Dunkelheit.

»Was fehlt dir?«, fragte das kleine Licht.

»Ich möchte groß werden, um endlich den Himmel zu sehen. Ach, hätte ich Flügel wie die Vögel, die mir davon erzählt haben.«

»Du brauchst keine Flügel!«, flüsterte das kleine Licht. »Du hast Wurzeln.« Mit diesen Worten verschwand das Licht, und es wurde dunkel wie zuvor. Wie zuvor lachten die Riesen über ihn. Der Farnstock hörte nicht auf zu zetern und sich breit zu machen.

»Ich habe Wurzeln«, sagte der Winzling. Er spürte sie zum ersten Mal. Sie begannen sich zu regen, und bald liefen sie in alle Richtungen, um ihren Weg zu finden. Der Boden, auch wenn er sich mit Knollen und Steinen dagegen wehrte, musste ihnen weichen. Sogar eine Maus machte sich erschrocken davon.

Winzling wuchs nicht in den Himmel hinauf, sondern tief in die Erde hinein. Winzling war so beschäftigt, sich seinen Platz zu erobern, dass er keine Zeit fand, an den Himmel zu denken. Er nahm kaum wahr, wie der Herbst ins Land zog, wie ein Sturm die Kronen der Riesen zerzauste, wie der erste Frost die Blätter des Farnstocks lähmte und von seiner Pracht nichts übrig ließ als einen hässlichen braunen Strunk.

Winzling wurde nicht nur größer, sondern auch stärker. Um seinen Wipfel bildete sich jedes Jahr ein neuer Kranz von Ästen. Und als er eines Tages in die Höhe schaute, sah er staunend den Himmel, zum ersten Mal die Sonne, leuchtend und schön. Aber auch das kleine Licht, den winzigen Sonnenstrahl, der ihn aus der Dunkelheit erlöst hatte.

PERSÖNLICHE WORTE

Meine Erinnerungen an Weihnachten im Kreis der Familie, Vater, Mutter und meinen um zwei Jahre älteren Bruder, sind nicht ungetrübt. Schöner als das Fest selbst waren die Wochen davor, die Erwartung, die Hoffnung eines jener Dinge geschenkt zu bekommen, die ich mir aus dem jedes Jahr neu erscheinenden Spielzeugkatalog ausgewählt hatte. Am Heiligabend lernte ich früh die Enttäuschung zu verbergen, wenn zum Beispiel an Stelle der sehnlichst gewünschten Puppe mit echten Haaren ein Metallbaukasten unter dem Weihnachtsbaum lag.

Wer mir zum ersten Mal die Weihnachtsgeschichte erzählte, weiß ich nicht. Vielleicht eine der frommen Großtanten, bei denen ich oft wochenlang in den Ferien weilte, die Sonntagsschule besuchte und Geschichten aus der Bibel hörte. Mein Vater, der Sohn eines Bauern und Zimmermanns scheint in seiner Jugend gegen alles »Fromme« rebelliert zu haben, »flüchtete« nach der Lehre als Möbelschreiner nach Frankreich, um dort das Restaurieren alter Möbel zu erlernen. Auch meine Mutter, Tochter eines Seidendruckers aus dem Glarnerland – in Mailand aufgewachsen – schien sich als junge Frau über die religiöse Erziehung ihrer beiden Buben wenig Gedanken zu machen.

Noch mehr als Geschenke gefiel mir an Weihnachten der Baum. An seinen Ästen hingen die goldenen Kugeln, Pilze, Trompeten, die Vögelchen, die Glocken, Sterne ... alle die leicht zerbrechlichen Gebilde, jedes Stück mir vertraut vom vergangenen Jahr und doch wie neu, in Silberpapier eingewickelte Tannenzapfen aus Schokolade, Wunderkerzen und Engelshaar ...

Eines Morgens fand mich mein Vater unter dem Baum. Ich muss in der Nacht aufgestanden sein und mich unter den Baum gelegt haben. Anfang Januar verstand ich es den Abbruch des Baumes – zum Ärger meines Vaters – immer noch einen oder zwei Tage hinauszuzögern. »Weihnachtsnarr« sagte meine Mutter und nahm mich schützend in die Arme.

Die hier vereinigten Dezembergeschichten sind nach und nach in vielen Jahren entstanden. Einige davon beruhen auf persönlichen Erinnerungen, aber wie die Legenden (zum Beispiel in meinem

Buch »Ein Duft nach Weihrauch und Myrrhe. Weihnachtslegenden«, Eschbacher LebensArt 989) haben sie mit meiner persönlichen seelischen Struktur und den mit dieser Struktur verbundenen Erfahrungen in unserer Welt und in dieser Zeit zu tun.

Max Bolliger